GUÍA DE LECTURA

Escrita por Flore Beaugendre
Traducida por Tamara Montes Blanco

Suite francesa

de Irène Némirovsky

Entiende fácilmente la literatura con

ResumenExpress.com

www.resumenexpress.com

IRÈNE NÉMIROVSKY

NOVELISTA RUSA

- **Nacida en 1903 en Kiev (Ucrania)**
- **Fallecida en 1942 en Auschwitz (Polonia)**
- **Algunas de sus obras:**
  - *David Golder* (1929), novela
  - *El baile* (1930), novela
  - *Suite francesa* (2004, novela póstuma), novela

Irène Némirovsky nace en 1903 en Kiev. Como hija de un banquero ucraniano, vive una infancia espléndida. Pero la revolución de 1917 obliga a su familia a emigrar a Francia, donde Irène comienza unos fulgurantes estudios de letras. En 1923, publica su primera novela, *El malentendido*, y después cosecha su primer gran éxito con *David Golder* en 1929. Se convierte en una figura literaria de lectura obligada.

La Segunda Guerra Mundial trastoca la vida de esta joven judía: es obligada a llevar la insignia amarilla, por lo que sus amigos y su editor no tardan en dejarla de lado. Entonces se refugia con sus hijas y su marido en un pueblecito del centro de Francia. A pesar de todo, la gendarmería francesa la arresta en julio de 1942 y la deporta al campo de concentración de Auschwitz, donde muere de tifus unas semanas después de llegar.

SUITE FRANCESA

UNA HISTORIA ESCRITA EN VIVO Y EN DIRECTO

- **Género:** novela
- **Edición de referencia:** Némirovsky, Irène. 2005. *Suite francesa*. Traducido por José Antonio Soriano Marco. Barcelona: Círculo de lectores
- **Primera edición:** 2004
- **Temáticas:** Segunda Guerra Mundial, Francia, éxodo, amor, costumbres, memoria

Suite francesa es el título de una serie de novelas imaginada por Irène Némirovsky. Esta colección debía estar compuesta por cinco tomos: a *Tempestad en junio* y *Dolce* habían de seguir *Cautividad*, *Batallas* y, finalmente, la optimista *La paz*. Las dos primeras obras terminadas, que las hijas de Irène conservaron tras la deportación de esta, se publican por primera vez en 2004 con el título de *Suite francesa*. Se trata de la única novela que ha recibido el premio Renaudot a título póstumo.

El primer tomo, *Tempestad en junio*, cuenta la huida por carretera de un gran número de parisinos cuando se anuncia la llegada de los alemanes en junio de 1940. El segundo, *Dolce*, describe la vida apacible de un pueblo en mitad del campo, Bussy, durante los primeros meses de la ocupación alemana.

RESUMEN

TEMPESTAD EN JUNIO

Capítulos 1-8

Junio de 1940. París es bombardeada y el anuncio de la llegada de los alemanes se extiende por todos los hogares. En casa de los Péricand, se decide que Charlotte, la mujer, llevará a toda la familia, el viejo señor Péricand incluido, a refugiarse en Borgoña, mientras que Adrien Péricand, el marido, se quedará en París. El hijo mayor, el padre Philippe, se encarga de que un grupo de huérfanos llegue a salvo al sur de Francia.

El famoso escritor Gabriel Corte está exasperado por las malas noticias que lo privan de su inspiración. Se ve obligado a tomar la carretera acompañado de su amante, Florence.

Los señores Michaud, empleados de banco, son invitados por su jefe, el señor Corbin, a ir con él a Tours. Pero este último cambia de opinión y la pareja se ve forzada a emprender el camino a pie.

El rico esteta Charles Langelet, por su parte, toma la decisión de abandonar París con sus cajas llenas de objetos de lujo.

Capítulos 9-19

En el camino colmado de fugitivos que lleva a Orléans, Gabriel Corte y Florence se ven obligados a dormir en el coche, en el centro de los bombardeos.

Los Péricand también se encuentran con dificultades en su viaje: Charlotte, hasta ahora convencida de que su fortuna y su nombre le otorgaba un gran poder, se da cuenta de la gravedad de la situación y deja de preocuparse por mundanidades.

Los Michaud también viven en la confusión del éxodo: las colonias de fugitivos sufren el fuego de las ametralladoras y se producen las primeras muertes. Hacen una parada en casa de los Angellier, en Bussy, y piensan en tomar un tren hasta Tours. La pareja no sabe que su hijo Jean-Marie está en el mismo pueblo que ellos, en casa de unos granjeros que lo acogieron después de que resultara herido.

En Tours, donde la comida escasea, Gabriel Corte utiliza su nombre para comprar unas provisiones que más tarde sus compañeros de viaje, molestos por su actitud despectiva, le robarán.

Los Péricand paran en casa de los habitantes de un pueblecito. El joven Hubert sueña con ir a luchar y decide huir a la noche siguiente, a pesar de que su madre se lo haya prohibido tajantemente. Un convoy de soldados acepta que se incorpore a sus filas.

Los Corte deambulan lastimosamente, hambrientos y perdidos, mientras las tropas intentan cortar el camino a los invasores. Entonces, en un arrebato de heroísmo, Gabriel salva a su amante haciendo que atraviese un puente bajo fuego alemán.

Durante este tiempo, Hubert alcanza Allier con su contingente, donde intentan detener al enemigo. El joven se siente consternado por su fulgurante derrota. Se refugia en un pueblo vecino, donde lo acoge Arlette Corail, antigua amante del señor Corbin.

Capítulos 20-31

El pueblo donde se aloja la familia Péricand estalla en llamas tras la explosión de un polvorín. Charlotte y sus hijos emprenden el camino hacia Nimes, pero de repente se da cuenta de que ha olvidado a su suegro en la aldea.

Charles Langelet rebosa desprecio hacia sus compañeros de infortunio y la grosería de estos. Se queda sin gasolina y sustrae los bidones de una joven pareja de la que se ha ganado la confianza.

El viejo señor Péricand se despierta solo en el pueblo calcinado y es llevado al hospicio. Pide hacer su testamento: lega sus bienes a su hijo Adrien, pero, para mostrar su disgusto, exige una donación de cinco millones para una buena obra. Muere en el momento de firmar el escrito.

Jean-Marie Michaud vuelve en sí tras varios días de delirio y se entera de la derrota, lo que le causa desesperación.

Philippe Péricand camina hacia el sur con su tropa de adolescentes hostiles. A pesar de sus deberes de cura, no siente más que antipatía hacia estos muchachos. Se instalan en el jardín de un castillo durante la noche. Dos chicos fuerzan la entrada de la edificación y, cuando Philippe los pilla, se lanzan sobre él y lo golpean. Entonces, toda la colonia invade el castillo y lo saquea. El cura es lanzado al agua y lapidado y muere.

Los Péricand, refugiados en Nimes, se enteran de la muerte del viejo señor Péricand y de Philippe. Charlotte también cree muerto a Hubert, pero este aparece, lo que crea confusión. Más maduro y cambiado, mira la vanidad de su familia con ojo crítico.

Los Corte consiguen llegar al Gran Hotel de Vichy. Gabriel se preocupa por su porvenir, pero se tranquiliza cuando se encuentra con sus adineradas amistades de otro mundo.

Los Michaud, obligados a volver a un París desierto, se enteran allí de la firma del armisticio. Esperan recibir noticias de sus hijos. El señor Corbin los ha despedido del banco. Jeanne consigue obtener una indemnización.

En otoño, Charles Langelet también vuelve a la capital, donde retoma su ritmo de vida. Pero lo atropella un coche, conducido por Arlette Corail, y fallece.

Jean-Marie Michaud, atrapado en su pueblo, desea regresar a París. Escribe a sus padres y parte. Al irse, deja triste y abandonada a Madeleine Sabarie, una de las hijas de la familia.

DOLCE

Capítulos 1-8

Primavera de 1941. Los alemanes acaban de entrar en Bussy. Los Angellier esconden sus bienes. El hijo, Gaston, es hecho prisionero; entonces, Lucile, su joven esposa, vive sola con su amargada suegra. Un oficial enemigo, Bruno von Falk, va a alojarse en su casa.

Madeleine Sabarie se casa con Benoît y tiene un bebé. Un joven alemán, Kurt Bonnet, se instala en la granja. En el pueblo, las tensiones entre ocupantes y ocupados se relajan progresivamente. Benoît siente que su mujer siempre está pensando en Jean-Marie Michaud y siente unos celos feroces. También teme las intenciones del nuevo huésped.

Capítulos 9-15

Poco a poco, Lucile va conociendo a Bruno. Esto enfurece a su suegra, por lo que intenta evitar encontrárselo, pero una cierta complicidad va naciendo entre ellos. Una tarde lluviosa, el alemán entra en el salón con ella y toca el piano: Lucile no puede resistirse a sus encantos. Un mes más tarde, él le confiesa su amor, que ella rechaza por decoro.

Capítulos 16-22

En el castillo vecino, cuando la vizcondesa de Montmort está dando un paseo por su jardín, sorprende a Benoît Sabarie robando maíz en el huerto. Entonces, furioso, confiesa que caza furtivamente en sus tierras, lo que indica que aún posee una escopeta —algo estrictamente prohibido por la ocupación alemana—. El vizconde decide denunciarlo discretamente.

Durante este tiempo, Lucile fantasea, unas veces con alegría y otras con tristeza, con el amor que la une Bruno von Falk. La noche siguiente, Madeleine Sabarie llama a su puerta: los alemanes han venido a arrestar a Benoît y han encontrado su escopeta; entonces este se ha servido de ella para matar a Bonnet antes de huir. Madeleine pide a Lucile que esconda a su marido en su casa, y ella acepta. Al día siguiente, el pueblo está que arde: cualquiera que ayude a Benoît será fusilado. Cuando Lucile baja a llevar comida al fugitivo, que está escondido en el sótano desde hace tres días, la señora Angellier la sorprende y se convierte en su cómplice.

A pesar del incidente, los alemanes organizan una fiesta para celebrar el aniversario de la toma de París, el 21 de junio, sin explicar el porqué a los franceses. La víspera, Lucile y Bruno dan un paseo al atardecer, pero la joven lo rechaza de repente, al darse cuenta de su deshonra. En pleno apogeo de las festividades, los ocupantes se enteran de que acaban de entrar en guerra con Rusia. Son enviados al frente de inmediato. La señora Angellier anima a Lucile a que pida a Bruno un permiso de circulación para que Benoît pueda ir a París; esta lo hace, y Bruno se lo consigue. El alemán y la joven se despiden emocionados.

ESTUDIO DE LOS PERSONAJES

LOS PÉRICAND

Los Péricand pertenecen a la burguesía y descienden de una rama de la nobleza, de lo que se sienten muy orgullosos. Extremadamente ricos y rodeados de un ejército de criados sumisos, se los describe desde un ángulo poco halagador. Tres de los miembros de la familia se individualizan en la novela.

- Charlotte, la madre, constituye el motor de la familia. Esta mujer de cuarenta y siete años con el rostro «pálido y angustiado» (Némirovsky 2005, 2) es seca y autoritaria. Madre de cinco hijos y muy religiosa, se jacta de encarnar la buena sociedad y los valores morales en un mundo caótico. Pero sus buenos principios esconden en realidad la preocupación por conservar la respetabilidad de su nombre y de su fortuna. Rica y avara, representa la burguesía mezquina desconectada de las realidades. Así, aunque se muestre caritativa con su suegro, es únicamente con la esperanza de heredar su inmensa fortuna. Asimismo, aunque se reivindica madre amorosa, no siente más que una pena ambigua cuando se entera de la muerte de sus hijos Philippe y Hubert: piensa más en la imagen heroica que reflejan sus muertes.
- El autor mira de forma particularmente crítica e irónica a este personaje que muestra su verdadera naturaleza con los acontecimientos: detrás de sus aires de gran dama, se esconde una mujer amargada y egoísta, incapaz de sentir compasión o siquiera amor maternal.

- Philippe, el hijo mayor, es un hombre robusto: «Tenía tez sonrosada, espesas cejas negras y apariencia robusta y saludable» (Némirovsky 2005, 4). Se hizo cura y es el encargado de llevar a los huérfanos de los Pequeños Arrepentidos, obra del señor Péricand padre, a un sitio seguro al sur de Francia. A pesar de su vocación, es incapaz de simpatizar con estos adolescentes perdidos y no siente más que desprecio hacia ellos. Sin embargo, aunque parece que por fin se crea una alquimia en el grupo, las cosas degeneran cuando el cura la expone a la tentación: Philippe olvida, y es el único en toda la novela, que no proviene del mismo entorno que ellos, y a causa de eso lo linchan salvajemente.

- El personaje de Philippe Péricand se presenta como patético: incapaz de asumir sus deberes, sufre un lastimoso final de la mano de sus propios protegidos y no debido a la guerra que causa estragos. Así, su recorrido es un fracaso completo.

- Hubert, el hijo mayor, es un joven frustrado: aunque es demasiado joven para pelear, no por ello su deseo de participar en la batalla es menor. Lleno de heroicos fantasmas, termina por deshacerse del yugo de su madre para partir al frente. En cambio, no brilla por sus actos: inmediatamente los franceses son derrotados, para la gran indignación del joven. Albergado por una seductora bailarina y, después, buscando reencontrarse con su familia, Hubert sigue a lo largo de la novela un recorrido iniciático: adolescente al comienzo, pasa a ser adulto y finalmente se rebela contra la imagen burguesa e hipócrita de su madre.

GABRIEL CORTE Y CHARLES LANGELET

Gabriel Corte es un famoso escritor parisino «con maneras lánguidas y crueles de gato, manos suaves y expresivas, y un rostro de César un poco grueso» (Némirovsky 2005, 3). Este hombre altivo, egoísta y egocéntrico es incapaz de amar a nadie más que a él mismo: carga con su amante Florence solo porque ella alimenta su ego desmesurado. Obligado a echarse a la carretera, no soporta verse en la misma situación que sus contemporáneos y aún menos descubrir el hambre y el miedo. Aislado de la realidad, no comprende la gravedad de los acontecimientos, que lo aterrorizan, y prefiere vivir en su mundo, convencido de que la riqueza y el refinamiento pueden bastar para salvarlo.

Charles Langelet es un rico esteta de unos sesenta años que vive como un pachá: gordo y blanco, se regodea en el lujo. Este ricachón pagado de sí mismo, también resulta despreciable a las clases inferiores. Cobarde, tiránico y especialmente tacaño, no puede sino recordar al personaje de Harpagón en la obra *El avaro* de Molière (comediante y dramaturgo francés, 1622-1673): «[...] fue a la antecocina en busca del martillo y los clavos para cerrar la caja. Después la bajó él mismo al coche: los porteros no necesitaban saber lo que se llevaba» (Némirovsky 2005, 7). Este personaje caricaturesco parece insoportable para la propia autora, que no duda en otorgarle los defectos más viles y hace que sufra un final especialmente irónico.

LOS MICHAUD

Maurice y Jeanne Michaud son una pareja de empleados de banco con ingresos modestos. Estos dos personajes muestran a lo largo de toda la novela una apacible armonía y parecen ser los únicos que se topan con la simpatía de la autora en *Tempestad en junio*. Unidos por su amor y su inquietud por su único hijo, consiguen, a pesar de las dificultades, mantenerse a cierta distancia de los acontecimientos.

Los Michaud están presentes entre líneas a lo largo de toda la trama: ocupan una buena parte de la historia en el primer texto y conservan su lugar de manera indirecta en *Dolce*. De hecho, Lucile recibe una carta de su parte y es con ellos con quienes decide enviar a Benoît Labarie al final de la historia.

Jean-Marie, el hijo, es un joven estudiante sensible que soñaba con escribir libros y que se encuentra, sin darse cuenta, en mitad de los tormentos de la guerra. Herido, se recupera, pero la sensación de fracaso humillante no lo abandona. Su personaje constituye un hilo conductor en *Suite francesa*, puesto que también es un actor importante de la segunda novela, aunque esté ausente, a causa de su idilio con Madeleine Labarie.

LUCILE ANGELLIER

Lucile, «una joven rubia de ojos negros, muy hermosa pero callada, discreta, "un tanto distraída"» (Némirovsky 2005, 1), se siente insatisfecha con su existencia: en un matrimonio sin amor con Gaston Angellier, un hombre codicioso e infiel, se ve obligada vivir junto a su hostil suegra en una lúgubre casa burguesa en Bussy. Soporta estoicamente su lastimoso día a día, pronto trastocado por la llegada del oficial alemán Bruno von Falk. Lucile experimenta entonces una pasión ambigua, entre amor y vergüenza, que le permite evadirse de la realidad. Sin embargo, se dejará guiar por la razón, puesto que se negará a ceder a sus impulsos, lo que la llevará de nuevo a su situación de soledad al final de la novela.

Lucile representa, a ojos de la autora, el individuo que se sacrifica en nombre de la colectividad: se obliga a reprimir sus deseos y su libertad para ajustarse a las exigencias de la época y de la sociedad. Su personaje se vuelve simpático a ojos del lector, aunque suponga un cliché por su idilio lleno de obstáculos con el enemigo.

MADELEINE LABARIE

Madeleine aparece primero en *Tempestad en junio*: es, junto a su hermana Cécile, una de las jóvenes granjeras que asisten a Jean-Marie Michaud durante su convalecencia. Es huérfana, y los Labarie la adoptan. Está prometida con Benoît, el hijo de esta familia, al que los alemanes han hecho prisionero. La chica se encariña con Jean-Marie, pero este vuelve a París en el mismo momento en el que llega su prometida, con la que se casa. Insatisfecha y deseosa de finura y delicadeza, Madeleine no puede olvidar al malherido parisino. Por lo tanto, contribuye a hacer avanzar la trama, puesto que es este amor perdido el que incita a su esposo, ebrio de celos, a matar al refinado Bonnet.

Su personaje tiene un papel secundario en la historia, pero

permanece muy presente como telón de fondo. También permite formar una unidad entre las dos novelas.

CLAVES DE LECTURA

LA ESTRUCTURA DE LA OBRA

Los personajes como elemento estructural

Suite francesa permite al lector seguir lo que ocurre en diferentes lugares al mismo tiempo gracias a la multitud de personajes. Son los diversos protagonistas los que estructuran la narración y crean un hilo conductor. La novela comienza con cuatro grupos cuyas historias el lector cuenta con seguir: los Péricand, Gabriel Corte y su amante, los Michaud y finalmente Charles Langelet. Pero a estos personajes se añaden otros a lo largo de la historia: así, alrededor de los Michaud, gravita su hijo Jean-Marie, pero también Corbin, asimismo rodeado por Arlette Corail, etc. Esta conocerá igualmente a Hubert Péricand y atropellará a Charles Langelet, cuando los Péricand se toparán sin saberlo con el padre Philippe. Así, el lector se da cuenta progresivamente de que cada personaje permite estructurar la historia, creando recuerdos entre los capítulos.

Asimismo, Jean-Marie desempeña un papel particularmente importante en la obra, puesto que él permite crear una unidad entre las dos novelas. Primero designado como el hijo al que los Michaud tanto buscaron, pasa a ser un personaje con todas las de la ley en el capítulo 24, cuando se despierta en casa de los granjeros de Bussy, donde conoce a la joven Madeleine Labarie. Aunque abandona el pueblo al final de *Tempestad en junio*, sigue igual de presente entre líneas en *Dolce*, puesto que es el origen de los celos de Benoît Labarie.

El ritmo de la narración

A fin de captar la atención del lector, que podría perderse en la sucesión de estos destinos, la autora no duda en utilizar procedimientos narrativos tales como los giros ni en variar los ritmos. Por ejemplo, cuando los Péricand se instalan tranquilamente en un pueblo para pasar la noche, explota un polvorín, lo que acarrea la huida de la familia y el olvido del suegro. De la misma manera, cuando el lector cuenta con ver a la joven Lucile sucumbir al encanto del invasor en *Dolce*, se produce un asesinato.

Asimismo, el cierre de los capítulos es esencial para asegurar el interés de la historia: por lo tanto, la autora cuida especialmente el final de sus capítulos. A veces utiliza el humor como conclusión, por ejemplo, en el capítulo 6: «—Pero, ¿qué le sucede? ¡Es increíble! A este paso, aún estaremos aquí mañana [...]. ¿Qué quiere usted, padre? [...] —El señor quiere que volvamos a subirlo... para hacer pis». En otros momentos, el lector se mantiene en vilo por algunas pistas o indirectas al final del capítulo, por ejemplo, cuando Arlette Corail mira al joven Hubert con deseo. Así, aunque Irène Némirovsky quiera abordar un momento grave de su época y describirlo con realismo, no deja de ser una novelista a la que le corresponde dominar las herramientas narrativas y utilizarlas con el fin de crear un suspense y un efecto de espera en la historia.

UN RETRATO SIN COMPLACENCIA DE LA SOCIEDAD FRANCESA

Suite francesa ofrece una sátira feroz de los contemporáneos de Irène Némirovsky y de la humanidad en general. La novela muestra efectivamente la cara oculta de un gran número de personajes, que se revela con los giros en los acontecimientos. Así, todas las categorías sociales desfilan bajo el ojo crítico de la autora.

La clase dominante está representada por la vizcondesa de Montmort, muestra de la nobleza, por la familia Péricand y la señora Angellier, que encarnan la alta burguesía, o incluso por el cura Philippe, miembro del clero.

Estos personajes privilegiados, educados y cultivados, parece que son los que cargan con los peores defectos. Aunque son ricos, son los más avaros: Charlotte Péricand lleva camisas usadas y la señora Angellier prefiere morir antes que ofrecer su mejor vino («No le importa que la fusilen [...] —pensó Lucile—; pero no abriría una botella de borgoña añejo», Némirovsky 2005, 19). Todos rebosan desprecio por sus compañeros de infortunio si no son de la misma clase que ellos. Gabriel Corte o Charles Langelet se revisten de una repugnante y ridícula vileza forrada de crueldad: este último no duda en robar gasolina a espaldas de una joven pareja cuya confianza se había ganado («Lenta, muy lentamente, [...] se deslizó hasta el otro [coche], desató las latas [...]», Némirovsky 2005, 22). Incapaces de renunciar a su lujoso confort y regodeándose en la vanidad, no nos sorprendemos al enterarnos por casualidad en *Dolce* que son estos mismos personajes los que colaboran: «La gente susurraba los nombres de los que hacían negocios con los alemanes (y la radio inglesa los gritaba todas las noches): los Maltête de Lyon; los Péricand, en París; la banca Corbin y tantos otros...» (Némirovsky 2005, 19).

Las clases dominadas también tiene una amplia representación, pero globalmente la autora las trata con deferencia, incluso las hace simpáticas, especialmente a través de la pareja que forman los Michaud. Efectivamente, a lo largo del texto, estos simples empleados de banco son los únicos personajes que poseen nobleza, unidos por el amor y el deseo de volver a ver a su hijo.

De forma general, Irène Némirovsky se convierte en la espectadora realista e implacable del hombre que pierde su barniz social cuando su universo se ve trastornado. Así, la autora muestra en su obra el proceso de deshumanización de la guerra, que conduce al ser humano a un estado bestial, que lo lleva a luchar por sobrevivir, y que lo empuja a revelarse tal y como es.

UNA NOVELA EN EL CORAZÓN DE LA HISTORIA

Una novela histórica

Suite francesa relata los acontecimientos que se desarrollaron desde el verano de 1940 hasta el verano de 1941, durante el éxodo y la ocupación alemana en Francia. Por ello, podemos decir que la obra de Irène Némirovsky es una novela histórica.

Efectivamente, la historia de *Tempestad en junio* comienza cuando los alemanes se acercan a París en junio de 1940, lo que acarrea la huida por carretera de sus habitantes.

Después, la autora aborda diferentes momentos memorables de la Segunda Guerra Mundial: la huida, el armisticio del 22 de junio de 1940, la declaración de la guerra de Alemania a Rusia del 22 de junio de 1941 («—Pues que aprovechen mientras puedan —dijo el anciano sonriendo plácidamente—. En la radio acaban de anunciar que han entrado en guerra con Rusia», Némirovsky 2005, 21). Así, la trama se desarrolla sobre un fondo de hechos históricos contrastados. En cuanto a los numerosos personajes, son ficticios, pero forman un auténtico fresco de la sociedad francesa de la época, lo que aporta un toque de realismo a sus aventuras.

La escritura de la historia en movimiento

La mayoría de novelas históricas ponen en escena acontecimientos respecto a los que el autor se mantiene a una cierta distancia. Sin embargo, la particularidad de *Suite francesa* reside en el hecho de que Irène Némirovsky escribe en el mismo momento en el que se desarrollan los hechos. Efectivamente, en 1940, se da cuenta de la importancia de lo que está viviendo y decide aprovechar el acontecimiento en vivo. Así, el 21 de noviembre de 1940, escribe las primeras líneas de *Tempestad en junio*, en las que cuenta el éxodo masivo de los parisinos del que acaba de ser testigo. En la premura, consciente del poco tiempo que le quedará —ya que ella misma es judía y, por lo tanto, está amenazada—, crea el proyecto de describir las vidas de estos múltiples personajes cuyas existencias se alteran. Después, exiliada en un pueblecito del Morvan, se inspira en el día a día de estas pequeñas comunidades para escribir *Dolce*.

Esta escritura desprovista de retrocesos permite al público

descubrir un aspecto poco conocido de la historia, el del individuo que lucha en el seno del colectivo. La novela sumerge al lector en una atmósfera intimista y realista, haciéndole vivir o revivir la vida de los franceses en el centro de los acontecimientos, entonces inciertos respecto al porvenir de su país, puesto que lo que quería describir la autora no era la importancia de la guerra en la historia, sino más bien lo mucho que trastocó la vida cotidiana.

PISTAS PARA LA REFLEXIÓN

ALGUNAS PREGUNTAS PARA PROFUNDIZAR EN SU REFLEXIÓN...

- *Suite francesa* aborda los acontecimientos de la guerra desde el punto de vista de todas las clases sociales. Explique cómo cada personaje simboliza un aspecto de la sociedad.
- Aunque la obra de Irène Némirovsky permanezca inacabada, ¿en qué podemos ver ya una coherencia entre las novelas *Tempestad en junio* y *Dolce*?
- Analice el título de la segunda novela, *Dolce*. ¿Qué significa esa elección según usted?
- ¿Cómo se describe la naturaleza en la novela y en qué se opone a la guerra?
- ¿Cómo se describe a los ocupantes alemanes en *Dolce*? ¿Qué puede sorprender de esta forma que tiene la autora de tratar al enemigo?
- ¿Puede encontrar en *Suite francesa* paralelismos con escenas de comedia famosas? ¿A qué episodio de *El avaro* hace referencia el comportamiento de Langelet?
- Irène Némirovsky escribe: «Cuando, en una novela o en un relato, destacamos a un protagonista o un hecho, empobrecemos la historia; la complejidad, la belleza, la profundidad de la realidad dependen de estos numerosos lazos que van de un hombre a otro, de una existencia a otra existencia, de una alegría a un dolor»[1] (*La vida de*

---

1. Cita traducida por ResumenExpress.com

Chéjov, traducción de Adela Tintoré, Barcelona, Noguer y Caralt, 1991, 176 p.). ¿Esta afirmación también se aplica a *Suite francesa*? Justifíquelo.

- ¿En qué podemos comparar la obra de Irène Némirovsky con *Guerra y paz* de León Tolstói?
- Cite otras obras en las que la trama se desarrolle durante la ocupación alemana. ¿Por qué el enfoque de Irène Némirovsky es único?

¡Su opinión nos interesa!
¡Deje un comentario en la página web de su librería en línea,
y comparta sus favoritos en las redes sociales!

PARA IR MÁS ALLÁ

EDICIÓN DE REFERENCIA

- Némirovsky, Irène. 2005. *Suite francesa*. Traducido por José Antonio Soriano Marco. Barcelona: Círculo de lectores.

EN RESUMENEXPRESS.COM

- Guía de lectura de *El baile* de Irène Némirovsky.

ResumenExpress.com